KB207670

왜 낳았냐고
묻는다면

목차

전하고 싶던 진심

나의 구멍

당연한 것은 없다

너의 쓸모

꼭 너 같은 딸 낳아

싸가지를 지키자

협상

키운 보람이 있네

뭐든 될 거야

우리 애기

에
필
로
그

프롤로그

엄마 엄마

나만 졸졸 쫓아다니던
엄마가 세상에서 제일 좋다고 말하던
내 아이는 어디로 갔을까?

쾅!

코 앞에서 방문이 닫혔다. 방금 무슨 일이 일어난 걸까. 경멸하는 눈으로 나에게 소리치는 아이가 낯설다. 네가 어떻게 나한테 이럴 수 있니, 내가 널 어떻게 키웠는데, 부들부들 떨리는 손으로 닫힌 방문을 열자 문 사이로 인형이 날아왔다.

"나가! 꺼지라고!"

"지금 뭐 하는 거야. 엄마랑 얘기 좀 해!"

화가 머리끝까지 올라 정신을 차릴 수 없었다. 이 버르장머리 없는 놈 같으니라고. 등 돌려 누워있는 아이에게 다가가 대화 좀 하자고 아이의 팔목을 잡는 순간 아이의 손톱이 나의 팔을 할퀴었다.

"만지지 마! 난 할 말 없어."

"야! 너! 뭐 하는 거야! 정신 안 차려?"

"꺼져! 난 할 말 없다고 했다."

"대화 좀 하자고!"

"난 들을 말도, 할 말도 없어. 엄마 필요 없다니까.

꺼져! 제발 내 인생에서 꺼지라고."

"왜 이러는 거야. 정신 좀 차려!"

"엄마 필요 없어. 고아원에나 보내달라고. 나 집 나갈 거야."

내 팔을 손톱으로 할퀴는 아이의 양쪽 팔목을 잡았더니 발이 날아왔다. 공격을 멈출 때까지 아이를 뒤에서 꽉 잡고 놓아주지 않았다. 우리는 어쩌다 이렇게 되었을까. 나만 졸졸 쫓아다니던, 엄마가 세상에서 제일 좋다고 말하던 내 아이는 어디로 갔을까. 흔적도 없이 사라지고 싶다.

콰!

너의 방문이 닫혔다.

포기하라는 거야?

우리는 대화가 통하지 않는다. 아이는 내 말을 전혀 다르게 해석하고 이해한다. 내가 뭘 어쨌다고 뭐하라 말만 하면 인상을 팍 쓰고 짜증을 내는가. 밥 먹으라는 것도 화낼 일이야? 학교에는 매번 지각하고, 학원 갈 시간에는 연락이 되지 않았다. 무단결석을 반복해서 결국 학원을 모두 그만두었다.

"내가 다 알아서 할 거야."

아침도 저녁도 먹지 않고 편의점 라면만 먹고 다니면서 앵무새처럼 저 말만 반복한다.

"이따위로 하면서 네가 뭘 다 알아서 하니? 지금 하는 짓이 정상이야? 똑바로 해야 그냥 내버려 두지."

〈엄마의 20년〉의 저자 오소희 작가는 아이의 사춘기에는 방문을 닫고 엄마의 인생을 찾으러 나가라고 했으나, 먹지도 자지도 않는 아이를 두고 어떻게 내 인생을 찾으라는 말인가. 심지어 입고 다니는 옷

꼬락서니도 아주 가관이다. 여름에는 긴팔을 입지 않
나, 겨울에 반소매를 입고 등교를 하지 않나, 요즘은
매일 엉덩이만 겨우 가려지는 쇼트 팬츠를 입고 화장
에 향수까지 뿌리고 등교한다. 먹은 것을 치우지 않아
방은 쓰레기통이고, 하루 종일 누워서 스마트폰이나
하면서 인생을 낭비하고 있는데 그냥 두라고? 아이
를 포기하라는 소리냐고 묻고 싶다. 다른 집 애들은
착실하게 생활한다던데 도대체 내 아이는 왜 저러는
거야! 미친건가?

가장 많이 보는 너의 모습
밥 먹어!
안 들려?

정상이라고요?

아이가 왜 이렇게 행동하는지 알 수 없어 사춘기 관련 책을 잡히는 대로 찾아 읽었다. 모든 책에서 공통으로 언급하는 부분이 있다. 사춘기는 유아의 뇌가 성인의 뇌로 성장하기 위한 과정이라 생각하는 뇌는 어른만큼 발달했지만 조절 능력이 아직 덜 발달했기 때문에 충동적이고 공격적으로 보일 수 있다고. 이것은 아이가 정상적으로 잘 성장하고 있는 증거라고 적혀 있었다.

…

…

네?

충동적이고 공격적인 것이 정상이라고요?

아이가 내게 예의 없이 행동할 때마다 "내 아이는 잘 크고 있다. 잘 크고 있다. 받아들이자."소리 내 중얼거려 보지만 제길, 진짜 환장한다. 엄마고 뭐고,

다 때려치우고 싶다. 머리로는 알겠는데 마음에 구멍이라도 난 것처럼 바람이 줄줄 새서 시리다. 육아는 무슨 도장 깨기인지 깨도 깨도 끝이 나지 않는다. 사춘기는 도대체 언제 끝나는 걸까. 끝이 있긴 한 거야?

"참 키운 보람 없다. 자기 혼자 큰 줄 알지. 망할 년."

혼자 중얼중얼거리는 날들이다.

나와!
싸우자!

왜 아침부터 화가 나 있어?
이게 정상이라고?

누구냐 넌…
무서워서 숨는 거 아니다.

아침밥 해방

결혼 전까지 매일 아침 엄마가 차려주는 밥을 먹고 자랐기에 아침밥은 당연히 먹어야 한다고 생각했다. 아침밥을 굶으면 뇌 기능이 저하되어 학습효과가 떨어진다는 말을 믿은 터라 간단하게라도 꼭 밥 종류를 먹여 학교에 보냈다.

오늘도 등교 시간이 다가오는데 아이가 일어날 생각이 없다. 몇 번을 깨워도 깨우지 말라는 날카로운 외침만이 돌아올 뿐이다. 수업 시작 시간이 촉박해 마음이 점점 조급해졌다.

"일어나. 밥 먹고 학교 가야지."

"안 먹어. 잘 거야."

"왜 아침을 안 먹어. 다 차려 놓았는데….”

"누가 언제 밥 먹는다고 했어? 누가 해 달래?"

억지로 깨워보려고 팔을 잡아당겨 보았지만 아이는 몸에 힘을 주며 뒤로 누워 버린다. 일으키려고 몇 번 더 시도하다가 내가 힘이 먼저 빠져 포기했다. 지금이라도 일어나 밥 먹고 나가면 될 것 같은데 일부러 일어나지 않고 버티는 아이가 미웠다. 아이는 8시 50분에야 일어나 세수만 하고 학교로 뛰쳐나갔다. 식탁 위 덩그러니 남겨진 김밥 신세와 내가 다를 바가 없구나. 남겨진 김밥 하나를 입에 넣고 우걱우걱 씹는다.

흥! 맛만 있구먼. 나쁜 년!

육아 13년 차, 그날 이후 아침밥에서 해방되었다.

'내 마음'이라고?

아침밥도 먹지 않는데 학교 급식은 맛이 없다며 밥만 먹고, 친구들과 편의점에서 라면이나 떡볶이, 마라탕을 사 먹고 들어오기 시작했다. 저녁 메뉴가 쌀밥과 반찬이면 얼굴을 찡그리며 안 먹겠다고 말하는 빈도수가 늘더니 이제는 금식 선언이다.

"나 오늘부터 밥 안 먹어. 물만 먹을 거야. 살 빼야 해."

"지금도 네가 좋아하는 음식만 골라 먹고 있는데 장난해? 더 이상 양보 못 해. 더 이상 양보할 수 없어. 최소한의 음식은 먹어야 해."

"싫은데? 내 마음이야."

물만 먹고 어떻게 사냐고 움직이기 위한 최소한의 에너지는 음식으로 섭취해야 한다고 설득해 보았지만 내 마음이라는 답만 반복할 뿐이다. 자신이 본 유튜브에서 물만 마셔서 살을 뺐다며, 배고플 때마다 물을 먹으면 된다고 말하니 속이 터진다.

그놈의 '내 마음'이 무슨 프리패스 티켓인가, 모든 논리에 '내 마음'이 붙는다. 뭐 말만 하면 귀를 틀어 막아버리니 대화가 되지 않는다. 먹지 않겠다 버티는 아이를 억지로 식탁에 앉혀놓고 먹일 수도 없고 이대로 그냥 굶게 둬도 되는 것일까? 도대체 왜 저러는 것일까? 오늘 하루 동안 아침, 점심 합해서 아이가 먹은 것은 방울토마토 3알뿐이다. 하아, 한숨을 내쉴 때마다 한 살씩 늙는 기분이다. 어떻게 해야 하는 것일까? 뭐 어쩌라는 거야? 누가 답 좀 알려주면 좋겠다.

아아아아아아아아아아

안들린다
안들린다

소 귀에 경 읽기

떡볶이와 라면만 먹고도 살 수 있는 걸까?
이 아이를 외국인이라고 생각하기로 했지만
도대체 어느 나라 사람인 거지?
Are you from 분식집?

좀 치우고 살자

거실 소파 위에는 젤리, 과자 봉지와 함께 바나나 껍질이 나뒹굴고 소파 아래에는 마스크, 양말, 벗어 던진 겉옷이 늘어져 있다. 조금 전까지 이 자리에 누워 있던 아이의 흔적이다. 헨젤과 그레텔인지 뿌셔뿌셔 가루가 방까지 가는 길에 줄줄 떨어져 있다. 먹고 치우지 않는 거야 늘 있는 일이었지만 갈색으로 변해 가는 바나나 껍질이 나의 분노 발작 버튼을 눌렀다.

"지금 뭐 하는 거야! 좀 치워!"

자기 방 침대에 누워 있던 아이는 들은 척도 하지 않는다.

"치우라고! 지금! 당장! 안 들려?"

아이 방도 거실의 상태와 크게 다르지 않다. 책상 위에는 각종 화장품, 쓰고 난 화장 솜, 휴지, 잘려진 앞머리카락과 며칠 전 먹었던 아이스크림 껍질이 올려져 있고 바닥에는 방금 먹은 컵라면이 굴러다니고 있다.

"더러워 죽겠네. 진짜. 뭐 하는 거냐고. 좀 치우고 살라고."

바나나 껍질을 아이가 누워 있는 침대 위로 던졌고 아이가 주워 다시 나에게, 내가 다시 아이에게, 바나나 껍질이 다 분해되어 너덜거릴 때까지 서로에게 던지기를 반복했다.

"내 방인데 뭔 상관이야. 나가!"

아이가 문 앞에 서 있던 나를 손으로 퍽 밀치더니 방문을 쾅 닫아 버렸다.

"야! 너 지금 쳤어? 문 열어! 안 열어?"

닫힌 방문 너머 끽- 끽- 가구가 바닥에 끌리는 소리가 난다. 내가 방문을 열 수 없도록 책상과 피아노를 옮겨 문 앞에 막아 놓고 있는 것이다. 뭐 이러는 게 하루 이틀 일도 아니고, 참나, 내가 그럼 못 열 줄 아나! 너가 방에서 안 나오고 버티나 보자. 어디, 아씨, 혈압 오른다.

좋게 말할 때 문 열어!

술이 는다

아이의 언어가 심상치 않다. "야!", "너!"는 기본이고, "재수 없어.", "꺼져!" 이런 말이 튀어나오기 시작했다. 저녁을 먹으며 학교에서 일어난 일을 이야기하고 있었는데 선생님에 대해 좀 심하게 말하는 듯해 그건 좀 아닌 것 같다고 말했다.

"입 닥쳐라."

"야! 너 뭐라고? 지금 뭐라 그랬어?"

펑! 하고 폭탄이 터지면서 애써 지켜오던 이성의 끈이 끊어졌다. 꽥! 소리를 질렀지만 아이는 재빨리 방으로 도망가 문을 잠갔다. 쫓아가 방문을 쾅쾅 두드리며 억지로 문을 열려는 나와 어떻게든 문이 열리지 않도록 반대 방향으로 밀고 있는 아이의 대치가 또 시작되었다. 자신도 모르게 툭 튀어나온 말에 아이도 당황한 듯했다. 욕하면 안 된다고 단호하게 말해주고 넘어가야 하지만 이미 나는 제정신이 아니었다. 내 표정이 일그러지고 목소리가 높아지면 오히려 더 크게 화를 내니 적반하장이 따로 없다. 힘 싸움에서 이겨 문을 열고 들어갔지만 아이는 침대 한 구석에 귀를 틀어막고 등을 돌리고 누워 있었다.

"욕한 거 사과해."

듣는 이가 없으니 혼잣말일 뿐이다. 지금 뭐 하는 거냐고, 대화 좀 하자고 돌려세우려 했지만 몸을 말아 더 움츠린다.

등 뒤에서 아이를 말없이 노려보다 주방으로 돌아와 맥주를 한 캔 딴다. 욕을 처먹은 날에는 술을 좀 먹어야지. 술이 는다. 늘어.

내가 술을 먹는건지.
술이 나를 먹는건지.

거짓말

아이가 거짓말을 하기 시작했다. 숙제는 답지를
보고 베꼈고, 학원에 지각하면 친구를 도와주다 늦
었다고 했고, 물건이 없어지면 친구에게 빌려주었다
고 말했다. 어떤 말은 거짓말임을 알면서도 모른 척
해 주었고, 어떤 말은 한참 뒤에야 거짓말임을 깨달
았다. 아이가 거짓말을 하고 있다는 것을 처음 알았
을 때는 배신감에 부들부들 떨었다.

'어떻게 나를 속일 수 있어? 다시는 거짓말하지
못하도록 혼내야 하나? 아니면 모르는 척 넘어가야
하는 것일까?'

앞이 보이지 않는 길을 걷는 것처럼 막막했다.
현명한 엄마가 되고 싶어서, 답이 있지 않을까 싶어
성인이 된 자녀를 둔 선배에게 전화를 걸었다.

"아이가 자꾸 거짓말을 하는데, 이럴 땐 어떻게
해야 해요?"

사연을 듣던 선배는 한참을 웃더니 이렇게 말했

다.

　"어쩜 그렇게 하는 짓이 똑같아요? 우리 애도 그 맘때쯤 그랬어요. 어떻게 하고 싶은데요? 엄마 하고 싶은 대로 해요. 그런데 아이가 거짓말을 하는 이유는 엄마가 듣고 싶은 말을 해주기 위해서라는 거 알아요?"

　선배의 말을 듣고 잠시 멍해졌다. 엄마가 듣고 싶은 말을 하는 것이 거짓말이 되는구나. 분명 숙제를 다 했다는 말을 듣기 원했고, 친구와 놀다가 늦었다는 말보다 도와주다 늦었다는 말을 더 좋아했을 것이다. 거짓말은 분명 잘못된 것이지만 전부 아이의 잘못이라고 말할 수 있을까? 내 어린 시절을 생각해 보면 나도 엄마에게 모든 것을 다 말하지 않았다. 학원 땡땡이를 치고 친구 집에 가서 놀던 날이 여러 번 있었으나 엄마가 몰랐기에 거짓말이 되지 않았을 뿐이었다. 지금도 시댁에 싫은 소리를 듣고 싶지 않아 사실대로 말하지 않는 일이 많다. 속이려 하기보다 나 자신을 보호하고 싶은 마음이 더 크기 때문이다. 아이도 그런 마음이지 않았을까.

눈에 빤히 보이지만 심각한 문제가 아니면 내버려두기로 했다. 알고 있어도 일단 모른 척 넘어갔다가, 조금 시간이 지난 뒤 알고 있었다고 솔직하게 말해 달라며 옆구리를 한 번씩 찌르고 있다.

"거짓말은 스토리텔링의 시작이니 아이가 거짓말을 시작하면 경축하세요."

우연히 보게 된 영상 속 김영하 작가의 말을 듣고 피식 웃음이 나온다. 너는 작가가 될 아이인가.

술이 술술술 들어갑니다.

청개구리 잠 재우기

사춘기가 아이를 청개구리로 만들어 놓은 것 같다. 아이는 평소 규칙적으로 하던 모든 생활 습관에 의심을 품기 시작했다.

"왜?"

"왜 해야 해?"

"왜 먹어야 해?"

"왜 학교에 가?"

"왜 공부를 해?"

"왜 씻어야 해?"

"나 이제부터 내 마음대로 할 거야."

먹이고 입히고 재우고, 아이의 할 일을 챙기는 것은 가장 중요하게 생각하는 나의 일이었다.

"안 먹겠다고? 안 하겠다고? 왜?"

너무 당황스러웠다. 나도 함께 "왜?"를 외쳤다. 나를 가장 돌아버리게 만든 물음은 "왜 자야 하는가?" 였는데, 아이는 학교에 가지 않는 주말에는 잠을 자지 않겠다고 선언했다.

"무슨 소리야. 잠을 왜 안 자? 밤에 잠을 자야지.
왜 당연한 소리를 하게 해?"

"싫어. 내 마음이야. 자면 얼굴 부어. 안 잘 거
야."

신생아 시절부터 졸리면 집이 떠나갈 듯 울었던
아이는 지금도 몸이 피곤하면 신경질적으로 행동하
기 때문에 밤을 새우겠다는 말에는 딱 잘라 안 된다
고 했다. 대신 10시~11시에 자던 취침 시간을 한 시
간 뒤인 11~12시로 조정하자고 했고, 당연히 그 정
도면 만족했겠지 생각했다.

어느 날부터 아이가 학교에 다녀오자마자 쓰러
지기 시작했다. 말 그대로 아무 데나 픽픽 쓰러졌다.
방바닥에 쓰러져 있거나, 차에 타자 마자 바로 잠이
들어 주차장에서도 못 일어나기 일쑤였다. 깨워도 일
어나지를 못하니 어디가 아픈 것은 아닌지 걱정스러
울 정도였다. 오후 4시~5시부터 잠들어 다음 날 아
침에야 일어나는 걸 보고 뭔가 이상하다 싶은 촉이
스멀스멀 올라올 때쯤 학교와 학원에서 아이가 엎어

져 잠을 잔다는 연락을 받았다. 흠칫 놀라 그제야 핸드폰과 패드 사용 시간을 확인했고 아이가 밤을 새워 가며 유튜브를 보고 있음을 알았다. 남편과 내가 12시에서 1시 전후로 잠을 자는데, 우리가 잠들기를 기다리며 자는 척하다 다시 일어나 밤을 새운 것이다. 잠이 부족하니 학교에 가서 뻗어 잘 수 밖에…. 맙소사, 뒤통수를 제대로 맞았다.

어떻게 설득해야 할지 고민하다 인터넷 창에 '잠을 자지 않으면'을 검색했다. 계속 잠을 자지 않으면 암이 발생하거나, 목숨을 잃을 수 있다는 글도 있었지만 그런 정보는 통하지 않을 터였다. 그나마 영향을 줄 만한 문장을 캡처해서 아이에게 문자로 보냈다.

'잠을 적게 자면 (절제를 담당하는 뇌 영역이 작동하지 않아) 체중이 늘어난다.'

'잠을 적게 자면 (피부에 도움 되는 세포를 생산하지 못하기 때문에) 노화가 일어난다.'

외모에 대한 욕망이 폭발하는 시기라, 이 두 문장은 효과가 있었다. 학교에 다녀온 아이와 오랜 시간 이야기를 나누며 밤 11시부터 아침 7시까지 스마트폰과 디지털 기기는 거실에 두고 자기로 약속했다. 주말과 방학에는 새벽 1~2시에 자서 다음 날 오후 1시가 넘어야 일어나지만, 덕분에 나도 늦잠을 잘 수 있게 되었다. 수면 시간과 비례하여 아이의 키가 쑥쑥 자라고 있기도 하고 많이 잘수록 아이가 순해져 깨우지 않는 날이 많다. 어릴 때나 지금이나 아이는 잘 때가 예쁜 것도 사실. 좀 자라. 쿨쿨.

여전히 잘 때는 참 예쁘다.
아니 이제 잘 때만 예쁜가?

일어나면 다시 까칠 대마왕
나한테 왜 그래?
이럴 거면 그냥 다시 자!

가출 협박

아이가 집을 뛰쳐나갔다. 친구들과 캐리비안베이에 가겠다 하길래 물놀이는 보호자 없이 안 된다고 단호하게 말한 탓이었다. 안전에는 무척 민감한 터라 허락하지 않았더니 눈을 뒤집어 까고 왜 안 되냐며 소리를 지르다가 집을 나가 버렸다. 다행히 아직 만 14세 이하라 스마트폰으로 위치 확인이 가능하다. 아이는 버스로 20분 거리에 있는 지하철역 근처 올리브영에 있다. 오늘도 화장품을 가득 사 들고 오겠구나. 쇼핑 중독인가 싶을 정도로 물건을 사서 나르는데, 쓸데없는 물건을 한가득 들고 올 때마다 화가 난다.

집을 나간 것이 처음 있는 일은 아니다. 화가 나면 가출하겠다며 그동안 모아둔 용돈을 들고 집을 뛰쳐나가는 것을 막느라 현관문 앞에서 실랑이하는 요즘이다. 아이는 "당신 같은 엄마 필요 없다고! 누가

낳아 달라고 했어?"라며 울부짖었다. '나 같은 엄마'
가 어떤 엄마인지 물으니 "있는 그대로 나를 인정해
주지 않는 엄마"라 말했다. 원하는 것이나 사고 싶은
것을 허락하지 않으면 있는 그대로를 인정해 주지 않
는 거라는 공식은 도대체 어떻게 성립되는 것인지 그
머릿속이 궁금할 뿐이다.

　몇 주 전 내게 "지가 뭔데 이래라저래라 해?"라
고 해서 남편이 혼을 냈더니 아이가 집 밖으로 뛰쳐
나갔다. 바로 쫓아 나가보니 계단 2층 아래에 쪼그
려 앉아 울고 있었다. 안도의 한숨을 내쉬며 아이 손
을 잡아 일으켰다.
　"동네 한 바퀴나 돌까?"
　아이가 눈물이 그렁그렁한 눈으로 나를 물끄러
미 바라보았다.
　"집 나가도 별것 없지? 거봐. 갈 데 없어. 이제
나가지 마."
　아이는 말없이 고개를 끄덕거렸다.

　그날 이후에도 아이는 여전히 화가 날 때마다 집

을 뛰쳐나간다. 가출이 외출로 변했을 뿐이다. 어떤 날은 코인노래방에 가서 노래를 부르고 오기도 하고, 어떤 날은 오늘처럼 쇼핑하러 간다. 화가 나서 뛰쳐나갔다가 너무 더워 못 걷겠다고 40분 만에 귀가하는 날은 어이가 없어서 둘이 마주 보고 웃었다.

다행히 아직은 갈 곳이 없어 멀리 가지 못하지만 외출이 다시 가출이 되지 말라는 법은 없다. 가출 협박이 원하는 것을 들어주는 협상 조건이 되어선 안 되지만 아이를 너무 내몰지 말자고 다짐한다. 궁지에 몰려 집 안에서도 갈 곳이 없어진다면, 집 밖으로 나갈 것이 분명하니까. 화가 나도 '아이 방에 쫓아 들어가지 말자. 쫓아 들어가지 말자. 쫓아 들어가지 말자.' 외치며 마음에 새기는 중이다. 아이의 방문을 열지 말라는 말은 이런 뜻인지도 모르겠다.

가출 30분만에 돌아왔다.
너도 웃기지?
날도 더운데 그만 나가자.

네 인생은 너의 것
내 인생은 나의 것

아이의 방문을 여는 대신 파워워킹!

등교 거부

"나 오늘 학교 안 가."

걱정하던 일이 터졌다. 아무리 깨워도 아이가 일어나지 않았다. 이미 오전 9시가 넘은 터라 속이 바짝바짝 타들어 간다. 아이의 팔을 잡아 일으켜 보지만 몸을 더 축 늘어뜨리니 억지로 일으켜 세울 수가 없다.

"안 가. 졸리니까 잘 거야. 하루쯤 안 가도 되잖아."

"학교를 안 간다고? 졸려서 안 간다는 게 무슨 말이야. 일어나!"

"…."

"너 학생이야. 정신차려!"

"…."

"출석이 중요한 게 아니라, 성실이 네 태도가 되는 거야. 지금 뭐 하는 거야!"

"…."

"이렇게 갑작스럽게 학교 빠지는 것은 허락해 줄

수 없어. 출석도 약속이니까 지켜야 해. 하기 싫은 일
도 해! 일어나라!"

"…."

"엄마는 너 깨우는 거 포기 안 한다. 그만 일어
나!"

오은영 선생님이 사춘기 아이에게 잔소리는 열
단어를 넘기면 안 된다고 했는데 이미 망했다. 끝도
없이 줄줄 잔소리가 나온다. '성실, 태도, 약속' 등 잔
소리 레퍼토리에 쓰이던 단어가 총출동했는데도 듣
는 이 없으니 허공에서 펑펑 터져서 사라져 버린다.
아이는 귀를 양손으로 막고 자는 척하고 있을 뿐이
다. '졸려서 학교를 안 간다고? 담임 선생님에게 아
파서 결석한다고 문자를 보내야 하나? 학교를 빠지
는 게 습관이 되지 않을까? 한번 허락해 주면, 졸릴
때마다 학교를 안 가겠다고 할 텐데 나는 감당할 수
있을까? 머리 회전이 빠른 아이다. 이번에 물러나면
안된다.'라는 결론이 났다.

"좋아. 네가 학교에 가지 않겠다고 한다면 나도
선택할 거야. 학교에 가지 않으면 너는 더 이상 학생
이 아니니까 더 이상 너의 학원비를 내줄 필요가 없

겠다. 연기 학원도, 피겨 수업도 그만 다녀. 돈 더 안 내줄 거야."

"무슨 엄마라는 사람이 협박을 해?"

"협박 아니고, 너의 선택에 대한 책임을 지라는 거야."

아이가 몸을 일으키며 매서운 눈초리로 나를 노려보다 현관문을 쾅 닫고 나갔다. 이미 1교시는 끝난 시간이었다. 베란다 창문 너머로 느릿느릿 학교로 향하는 아이의 모습을 보면서 담임 선생님에게 문자를 보냈다.

"죄송합니다. 지금 등교합니다."

이쪽저쪽에서 죄인이다. 무슨 죄가 이리도 많을까. 전생에 지은 죄가 커서 이러고 있다면 다음 생은 태어나지 않으련다. 오늘은 아이가 좋아하는 수업을 협상 조건으로 내걸어 억지로 등교시켰지만 하고 싶은 것이 사라지면 이마저도 통하지 않을 것이다. 그래도 무단결석이나 지각 표기를 없애기 위해 아프다고 거짓말해 주는 일은 하지 않기로 했다. 본인이 담임 선생님을 마주하고 거짓말하는 게 불편하다면 학

교에 가고 싶지 않다는 마음이 아주 조금이라도 줄
어들 테지. 내가 해줄 수 있는 것은 선택에 대한 책
임을 지게 하는 것 뿐이다.

왜?
학교를 안 간다고???

개싸움

아이가 나를 함부로 대하는 일이 점점 많아졌다. 버럭 화를 내며 소리를 지르거나 투명 인간 취급하는 일이 가장 많고, 심할 때는 나를 밀거나 손톱으로 할퀴었다. 처음에는 놀라서 할 말을 잃었고 그 다음에는 폭주하는 아이가 무서워서 같은 공간에 있는 것을 피했다. '자식한테 맞고 사는 엄마라니 왜 이러고 살까.', '이렇게 계속 살아야 하는 것일까.' 무서워하며 움츠러들자 집안의 작은 폭군처럼 아이의 기세는 더 등등해졌다. 언제 터질지 모르는 시한폭탄을 안고 사는 것처럼 아이의 심기를 거스르지 않기 위해 눈치를 보며 숨을 죽였다.

내 팔을 때리고 방으로 들어간 아이를 쫓아 들어갔다가 머리채를 잡혔다. 아이 손에 쥐어뜯긴 내 머리카락이 들려 있는 것을 보며 정신이 번쩍 들었다. 이렇게 살면 안 된다. 아동학대로 신고를 당할까 봐 아이가 폭력을 쓸 때마다 아이의 온몸을 꽉 잡고 놓지 않는 수준으로 대응했지만, 더 이상 물러나면 안 되겠다고 생각했다.

"내가 힘이 없어서 그동안 가만있은 줄 알아? 정신 좀 차려!"

소리치며 같이 치고받고 싸웠다. 우리는 모녀라기보다 자매처럼 싸웠다. 그냥 개싸움이었다.

"나 이제 안 봐준다. 때리지 마! 힘쓰지 마!"

치고받고 싸우다 지쳐 잠시 떨어져 숨을 골랐다. 하, 하, 하. 안 쓰던 힘을 썼더니 팔다리가 후들거렸다. 몸싸움은 태어나 처음 해봤다. 아이랑 몸으로 싸우다니, 진짜 엉망진창이다. 나도 애랑 쌍으로 미쳤나 보다. 미안한 마음이 들어 아이를 힐긋 보니 아이의 눈빛이 조금 달라져 있었다.

"이제 그만 하자. 동네 한 바퀴 돌까? 편의점 콜?"

아이가 끄덕거렸다. 둘이 손을 잡고 동네 편의점에 가서 과자 하나, 음료수 하나씩 고르니 아이가 주머니에서 꼬깃꼬깃한 지폐를 꺼냈다. 잘못한 사람이 간식 사기. 이것이 우리의 화해 방식이었다.

"할 말은 없어?"

"엄마. 미안해. 죄송합니다!"

"나도 때려서 미안. 그런데 한 번 더 폭력 쓰면 진짜 가만두지 않는다."

아이는 집에 돌아와 스스로 폭력 금지 선언문을 작성했고, 다짐에 이렇게 적어 넣었다.

"한 번 더 엄마빠에게 폭력을 사용할 시에는 평생 용돈을 받지 않겠습니다."

내가 가진 권력이 겨우 용돈밖에 없음이 씁쓸하지만 지금은 뭐라도 멈추게 할 수 있어서 다행이다. 치고받고 싸운 것이 잘했다는 소리가 아닌, 그냥 그날의 최선이었다.

"폭력은 어떤 일이 있어도 허용되지 않아. 네 마음대로 되지 않을 때는 힘으로 이기려 하는 게 아닌 부탁을 하는 거야."

당부도 잊지 않았다. 물론 아이는 이미 듣고 있지 않다. 나는 참 어려운 아이와 함께 살고 있구나.

덤벼!
이제 안 봐준다.

그럴 수도 있지

친구들에게 내 아이 이야기를 할 때마다 조언을 해준다며 한마디씩 거드는데 그 말이 오히려 나를 움푹 찔렀다. 아이 편을 드는 말도, 내 편을 든다고 아이를 험담하는 말도 모두 듣기 싫었다. 원인을 찾겠다면서 내 육아 태도를 문제 삼거나, "문제아는 다 부모 탓이다."라는 말을 들은 날은 화가 나서 자다가도 벌떡 일어났다.

'내가 뭐? 뭘 잘못했다고 이런 빌을 받는데? 쟤가 저러는 게 다 나 때문이라는 거야? 너는 뭐가 그렇게 잘났어?'

일부러 친구들의 연락을 피하고 집에만 머물렀다. 아이가 등교하고 나면 다시 침대로 기어들어 가 이불을 뒤집어쓰고 눈을 감았다. 아이를 생각하면 너무 괴로워 잠으로 도망가 버렸다.

미치고 팔짝 뛸 것 같은 심정을 하소연할 곳 없

어 사춘기 엄마들의 커뮤니티에 가입했다. 커뮤니티 이름은 〈사춘기 때문에 미칠 것 같은 엄마들의 모임〉이었다. 내 아이와 비슷하거나 더한 사연이 매일 게시글로 올라왔고 누가 더 슬프고 힘든지 배틀이라도 하는 것 같았다. 한 엄마의 "내가 죽어야 끝날 것 같아요."라는 글에 달린 "나도요."라는 댓글을 읽다가 눈물이 또르르 흘렀다. 나만 힘든 게 아니었다. 누군가 나와 같은 슬픔을 가지고 있음이 위로가 되었다.

커뮤니티에서 읽은 글을 종합해 보면 사춘기 아이들의 행동은 크게 3가지 유형으로 나누어졌다. 굳이 구분해 보자면 방구석형, 분노 폭발형, 도망형이다. 방구석형은 말 그대로 방에 들어가서 나오지 않고 하루 종일 스마트폰이나 게임 같은 온라인 생활에 몰두한다. 분노 폭발형은 적극적으로 주장을 펼치는 터라 자신의 의견을 반대하는 부모와 자주 싸우고, 도망형은 가족과 공존을 포기해 집에 잘 들어오지 않거나 가출하기도 한다. 방구석형이나 분노 폭발형도 부모가 아이를 억압하려 들면 도망형으로 변해 집에 들어오지 않았다. 가출한 아이를 기다리는 엄마들의 글을 읽으며, 마음이 덜컥 내려앉았다. '지금 이 상태가 끝이 아닐 수 있구나. 내가 아이를 어떻게 대하느냐에 따라 아이가 가족과 함께 지내는 것을 포기할 수도 있겠구나.' 정신을 차려야 했다. 내가 원하는 것은 아이와 잘 지내는 것이지, 아이를 내쫓는 것이 아니다. 덮고 있던 이불을 박차고 나왔다.

여전히 마음이 심란한 날에는 사춘기 엄마들의 커뮤니티에 들어간다. 다양한 아이들의 이야기를 들으며 지금 내 아이가 하는 행동도 사춘기 아이들의 비슷한 행동 중 하나임을 깨닫는다. 글을 읽으며 '내 아이만 이러는 거 아니구나. 지나갈 거야. 그래, 뭐 그럴 수도 있지.'하며 고개를 끄덕거린다.

대한민국 중딩이 공식 복장
한여름에 덥지 않아?

내 눈에는 너만 보여.

전하고 싶던 진심

무슨 말만 하면 화부터 내는 아이를 어떻게 대해야 할지 몰라 사춘기 공부를 본격적으로 시작했다. 답을 알면 아이의 행동을 고칠 수 있지 않을까. '사춘기'라고 적힌 책은 에세이든, 육아서든 거의 다 찾아 읽었고 금쪽이 프로그램도 빼놓지 않고 보았다. 감정 코칭, 부모 교육, 비폭력 대화, 심리 상담사 자격증 과정 등 도움이 될 만한 수업도 찾아 들었다. '○○할 때는 ○○해야 한다.'라는 공식이 어디 있지 않을까? 정답이 뭐야? 계속 찾아 헤맸지만 어디에도 그런 공식은 없었다. 모든 아이가 다르듯 모든 부모가 다르다. 성격, 성장 배경, 말투, 행동이 다 다른데 어떻게 정답이 있을 수 있을까. 그 과정에서 내가 찾은 것은 나의 유년 시절의 구멍, 그리고 나와 아이 사이에 난 구멍이었다.

부모 말을 잘 들어야 착한 아이라고 생각했기에

무조건 "싫어.", "안 해."를 외치는 아이가 미웠다. 왜 하고 싶지 않은지 궁금해하지도 물어보지도 않았다. 아이에게 사춘기가 오기 전까지 나는 '키워주는 엄마' 였다. 놀아주는 역할은 남편에게 미루고 먹이고 재우고 입히고 챙기고, 할 일이 끝나면 아이가 빨리 자기를 바랐다. 아이가 잠을 자지 않으면 화가 나서 참을 수가 없었다. 육아는 내 하루 일과 중 빨리 끝내야 하는 일 중 하나일 뿐이었다. 하루 종일 붙어 있었지만 아이와 눈을 마주치고, 안고, 볼을 비비고, 사랑한다고 말하는 시간보다는 할 일을 정해주고 채근하는 시간이 많았다. 아이와의 관계에서 구멍 난 것이 애착이었다는 걸 인정하는 데 오랜 시간이 걸렸고 그 사실 때문에 마음이 시렸다. 우리 사이의 구멍부터 메꿔야 했다. 먼저 변해야 할 사람은 아이가 아니라 나였다.

아이와 다툼이 생기면 내 방에 들어가 숨을 고른 뒤 '그래. 그럴 수 있지.'라고 여러 번 소리내 중얼거렸다. 그러고 나면 신기하게도 더 이상 화가 나지 않았다. 아이와 눈이 마주칠 때마다 "사랑해."라고 말하기 시작했다. 처음에는 왜 저러나 싶은 눈빛으로 나를 바라보던 아이가 지금은 "나도."라고 답하고 지나간다. 아이가 화를 내거나 짜증을 낼 때면 "사랑합니다. 고객님."이라고 말하기 시작했다. 잔뜩 부은 아이의 두 볼이 풋 웃음소리와 함께 풀린다. 하루에도 여러 번 사랑한다는 말을 전하며 우리 사이의 온도가 변하기 시작했고 아이가 반사적으로 내뱉던 "싫어."는 자연스럽게 사라졌다. 아이를 변화시킨 것은 육아 공식이 아닌 사랑한다는 마음을 표현하는 것이었다. 말하지 않아도 전해지는 진심은 없었다.

"엄마가 너를 세상에서 가장 사랑해. 엄마는 항상 네 편이야."

전하고 싶던 진심을 말로 뱉는다.

사랑해!

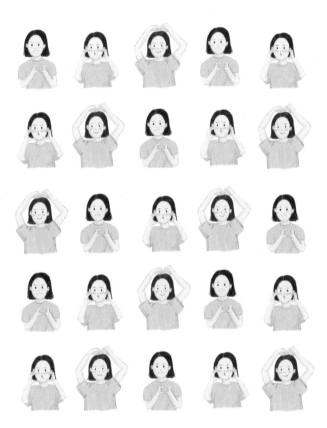

나의 구멍

군대 같은 집에서 자랐다. 매일 아침 7시에 일어나 밥을 먹고, 학교와 학원을 다녀오고, 집에 돌아와 숙제와 공부를 하는 일상을 반복하며 살았다. 유년 시절을 제외하고는 집에서 놀이라는 것을 해 본 기억이 없다. 빈둥거림이 허락되지 않았고, 자는 시간을 제외하고는 누워 있어 본 적이 없었다. 졸다가 아버지의 퇴근을 알리는 차 소리가 들리면 자리를 고쳐 앉았다. 대학생 때까지 통금이 있었고 취침 시간도 정해져 있었다. 주어진 삶, 주어진 일과, 부모가 정해준 진로를 충실히 따르는 삶을 살았다. 처음부터 순종적이었던 것은 아니었다. 어린 시절에는 집 밖으로 쫓겨나기 일쑤였고, 그보다 좀 더 커서는 따귀를 맞기도 했다. 말을 잘 듣는 아이는 맞을 일이 없었기에, 생존하기 위해 최선을 다해 주어진 삶을 살았다.

결혼을 핑계 삼아 독립하던 날, 드디어 내가 원

하는 삶을, 내 맘대로 살 수 있게 되었다고 만세를 외쳤다. 하지만 몇 달 뒤 아이가 생겼고 스물아홉의 나는 엄마가 되었다. '엄마가 되었으니, 일을 할 수 없겠구나.' 제일 먼저 일을 포기했다. 삼 남매를 위해 일과 꿈을 포기한 엄마를 보고 자란 내게는 당연한 일이었다. 일을 포기했지만 육아는 완벽하게 해내고야 말겠다고 다짐했다. 형제들과 비교당하는 삶에 이골이 난 터라 아이는 딱 한 명만 낳아 그 아이만 사랑하겠다고 결심했었다. 그렇게 아이만 보고 살았는데, 이제 아이는 내가 필요 없다 한다. 그 사실이 못내 마음 아파 아이가 화를 낼 때마다 마음이 툭 떨어져 나동그라졌다. 아이를 위해 바친 내 인생을 부정당하는 기분이었다.

'내가 너를 위해 얼마나 노력했는데…. 너를 위해 내 인생을 포기했는데…. 어떻게 네가 나에게 이럴 수 있니.'

꺽꺽 울면서 마음을 바닥까지 다 긁고 난 뒤 분노 뒤에 숨어있던 억울함을 보았다. '너 때문에' 내 인생을 망쳤다는 마음. '너를 위해'가 아니라 '너 때문'이라고 아이를 손가락질하고 있었다. 아이를 원망하고 있다는 것을 알아차린 순간 정신이 들었다. 내가 미쳤구나. 내 마음대로 휘저으려고, 나에게 고마워하라고 아이를 낳은 것이 아니었다.

아이에게 자주 사과하기 시작했다. 여전히 나는 자주 틀린 말을 하고, 아이의 의견을 무시하고, 일방적인 통보를 하지만 아이의 표정이 일그러지기 시작하면 일단 멈춰 생각한다.

'아, 내가 또 시작이네. 정신 차리자.'

내가 잘못한 부분에 대해서 사과하고, 하고 싶던 말에 걱정과 염려를 담아 다시 말한다. 엄마의 사과와 부탁을 듣는 아이의 볼이 씰룩대는 것을 보면 응어리진 마음이 조금 풀렸나 보다. 육아에서는 훈육할 때 단호함이 꼭 필요하다고 했지만 나의 경우는 너무 단호했던 것이 문제가 아니었을까. 집이 무슨 군대도 아닌데 뭐 맨날 규칙, 규칙 타령했을까. 군인 친구들이 제대 후 민간인으로 적응하는 데 시간이 꽤 걸린 것처럼 내게도 그런 시간이 필요한 것인지도 모른다. 이제 '군인 엄마'에서 '그냥 엄마'로 돌아올 시간이다.

당연한 것은 없다

　겨우 눈을 떠 시간을 확인하니 오전 11시이다. 더 잘까, 일어날까 말까 꾸물거리며 핸드폰 화면을 켠다. 아이는 아직 옆에서 자고 있다. 여름 방학이 되면 에어컨을 켜 놓고 한방에서 자는 덕분에 가장 사이좋은 시기를 보낸다. 함께 누워 잠들기 전까지 퀴즈 맞히기나 무서운 이야기, 짝(사랑)남 이야기처럼 이런저런 이야기를 나눈다. 말하다 삐져서 등을 돌리고 자거나, 그만 좀 떠들고 자면 좋겠다 싶은 날도 있지만 엄마와 함께 자고 싶다 말할 날도 얼마 남지 않았음을 알기에 이 시간이 소중할 뿐이다.

　아이를 깨울지 고민하다 12시까지 더 재우기로 한다. 12시가 넘으면 아이가 좋아하는 노래를 틀어주는데 보통 출처를 알 수 없는 일본 노래이거나 아이가 좋아하는 아이돌 그룹의 노래다. 처음 들었을 때는 무슨 말인가 싶어 정신 사납더니, 요즘은 일본어

가사도 외우고 노래 리듬에 몸도 슬렁슬렁 흔들 수 있게 되었다. 노래 3~4곡이 흘러나온 뒤에야 부스스 일어나는데 친구와 약속이 있는 날은 바로 옷을 입고 화장하고 튀어 나가고 약속이 없는 날은 그대로 소파에 가서 드러눕는다. 지금부터는 카톡의 시간이다. "카톡~ 카톡~ 카톡~" 소리가 끝도 없이 울리고 아이는 친구들의 세계로 들어간다. 오늘은 보이스톡으로 수학 숙제를 하는 중이다. 친구와 홀수, 짝수 번호를 나눠 푼 뒤 보이스톡을 통해 정답을 합친다. 숙제를 베끼는 것을 말려야 하나 잠시 고민했지만 이렇게라도 숙제를 하려고 애쓰니 얼마나 고마운 일인가, 생각을 바꾸기로 한다.

참치에 마요네즈를 잔뜩 뿌려서 만든 참치마요 마끼를 보이스 톡 하는 아이에게 내어주니 엄지를 척 올린다. 오늘은 합격이다. 방학 중 가장 어려운 일은 아이가 먹어주는 식사 메뉴를 만드는 것뿐, 나머지는 내가 할 수 있는 것이 없으니 스트레스 받을 일도 없다.

당연한 것은 없다. 내게 당연히 해야 한다고 생

각했던 것이 아이에게는 당연하지 않다는 사실을 깨닫고 나니, 고마운 일이 더 많아졌다. 12시에라도 일어나는 것, 자정이 넘으면 자려고 눕는 것, 지각하더라도 학교에 가고 학원에 가는 것, 어떻게든 숙제를 하려고 애를 쓰는 것, 자신이 좋아하는 것을 찾아 열광하는 것, 가끔은 나랑 놀아주는 것. 이렇게 생각하면 모든 행동이 고맙다. 매일매일 고마운 일이 더 많다. 아이와 눈이 마주치면 잊지 않고 말한다.

"고마워. 사랑해."

등교했다. 만세!

너의 쓸모

"에이씨! 나 내일 학교 안 가."

아이의 외침에 마음이 철렁 내려앉았다. 또 무슨 일인가, 왜 학교를 또 안 간다고 하는가, 어떻게 설득해야 하나, 어지러웠다. 아이가 있는 욕실에 갔다가 두 발짝 뒤로 물러났다. 수백 개의 잘려진 머리카락이 욕실 바닥에 떨어져 있었다. 앞머리를 혼자 자르는데 자신감이 붙어 옆 머리카락까지 손을 댔는데, 양쪽이 짝짝이로 잘려져 버린 것이다.

"내 사이드 뱅 어쩔 거냐고! 나 학교 안 간다고! 내일부터 학교 안 갈 거라고!"

내가 뭘 어쨌다고, 자기가 잘라놓고 나한테 성질을 부릴까. 마음이 점점 더 바닥으로 내려앉았다. 어디까지 내려가야 지하 끝인가. 누군가 내 멱살을 잡고 지하로, 더 깊은 지하로 끌고 가는 기분이었다. 가만히 서 있다가 베란다로 가서 창문을 열고 후, 후, 후 숨을 내쉬었다. 지하에 있어도 숨은 쉬어야 할 터,

살아있으면 언젠가는 올라가는 계단도 만들어지지 않을까.

다시 욕실로 돌아가 잘려진 머리카락을 치우고 나오는 내게, 아이는 돈 만 원과 함께 핸드폰을 건네주었다.

"이거 주문해 줘."

핸드폰을 확인해 보니 쇼핑몰 장바구니에 부분 가발이 담겨 있었다. [부분 가발 / 한 묶음에 9,900원 / 무료배송]이라는 제품 이름이 보였다. 이를 악물고 명치 끝에서 나온 깊은 한숨을 뱉었다.

"꼭 사야 해? 쓰지도 않고 분명 버려질 거야. 일주일 용돈이 얼마인데 이걸 사겠다는 거야. 이러면 엄마가 용돈을 어떻게⋯."

잔소리는 1절만 하라는 듯, 아이가 내 말을 가로막았다.

"엄마! 쓸모 있는지 없는지는 내가 판단해. 쓸모 없는 걸 사 봐야, 다음에 이게 필요한지 아닌지를 알지. 안 그래?"

말 문이 턱 막혔다. 그래. 너의 쓸모는 네가 판단하는 것이 맞다. 너의 선택이 나의 선입견 때문에 발목 잡히지 않기를.

네가 난 놈이구나. 나의 완패였다.

눈 밑에 붙인 밴드는
까불지 말라는 의미의 쓸모일까?

너 같은 딸 낳아

　　연속 3일째 아이로부터 "야! 너!"라는 말을 들었다. 오늘은 "너나 잘해!"라는 말을 듣고 바로 폭발해 버렸다.

　　"지금 뭐라 그랬어? 너 진짜 정신 안 차려?"

　　꽥! 소리를 질렀다. 그렇다. 나는 3일 내내 분노 폭발 중이다. 어제 나의 폭발로 아이는 오늘 등교를 거부하다가 겨우 1교시 중간에 들어갔으나, 2교시가 끝난 뒤 조퇴해 버렸다. 공식적인 조퇴 사유는 두통이었으나, 진짜 이유는 울어서 부은 눈으로 친구들을 마주할 수 없기 때문이라나. 한숨을 내쉬며 뒷목만 잡을 뿐이었다. 발을 쾅쾅 구르며 문을 닫고 들어간 아이를 또 쫓아 들어갔다. 어떻게든 문을 열려는 나와 문을 막고 나를 쫓아내려는 아이와의 대치가 시작되었지만 밥을 조금이라도 더 먹은 나의 승리였다. 문을 부들거리면서 부여잡고 부모에게 예의를 좀 지키자고, 싸가지 없는 행동은 절대로 봐주지 않겠다고 엄포를 놓았다. 아이는 고개를 45도 각도로 올리고 눈을 천천히 감았다 뜨며 개미 똥구멍만 목소리로 "응."이라고 답했다. 똑바로 다시 대답하라는 내 말에 "대.답.했.어!"라며 이를 악물고 눈을 치켜뜬다. 악! 저 싸가지! 정말 키운 보람이 없다. 머리카락을 쥐어뜯는다. 망할, 나쁜, 에잇!

언제 싸웠냐는 듯 쪼르르 거실로 나와 내 옆에 누워 TV를 보는 아이를 보며 속이 타들어 간다. 눈만 깜박였지만 그 정도라도 끄덕거린 게 어디인가. 개미 똥구멍만 한 목소리였지만 대답해서 다행이다. 이런 변화를 다행이라고 외칠 수 있는 내 마음도 놀랍다.

"스무 살에 꼭 독립해서 나가 살아. 몇 년 안 남았어."

"싫은데? 엄마 옆에 평생 딱 붙어 있을 건데?"

"스무 살에 독립하라고. 결혼해서 꼭 너 같은 딸 낳고."

"뭐라고? 지금 저주 퍼붓는 거야?"

와! 지금 자신의 상태를 알고 있다는 것인가. 옷

음이 새어 나온다. 나를 사랑하는지 미워하는지 감을 잡을 수가 없다. 반반이라 분열되었을까. 아이를 키우는 내내 둘이 한 몸처럼 찰싹 붙어 있었던 터라 떨어지는 과정이 이렇게나 어려운지 모르겠다. 아이는 내가 아님을 안다. 이제 떨어져. 꼭 너 같은 딸 낳고.

싸가지를 지키자

사춘기 아이와 함께 살면서 힘든 부분은 나를 함부로 대하는 것이었다. 가장 심각한 문제였던 폭력을 쓰는 것은 폭력 금지 선언문을 작성한 이후 90% 이상 개선되었지만 다른 것은 전혀 고쳐지지 않았다. 자신이 원하는 대로 해주지 않으면 노려보면서 소리를 지르다 방문을 쾅 세게 닫고 들어가고 그 이후는 나를 투명 인간 취급했다. 내가 어떤 말을 걸어도 무시하는 상태, 안 들리는 척하거나 귀를 막았다.

어디서부터 잘못된 걸까. 자식을 잘못 키운 걸까. 처음에는 사춘기를 그냥 두라고 했으니까, 부모가 감정 쓰레기통이 되는 것이 안전하다고 들었으니까 등등의 이유로 두 눈 질끈 감고 못 본 척 넘어갔다. 말도 안 되는 이유로 내게 소리를 지르고 학교에 가는 아이를 그냥 두었다. 아니, 사실은 정신이 나가 있었다. 아이가 무서웠고 혼을 냈다가 더 엇나갈까 봐 겁

이 났다. 남편과 나는 큰 소리를 내는 것도, 싸움도 극도로 싫어하는 사람들이라 아이가 소리를 지르면 두 발짝 뒤로 물러났다. 한 집에서 각자 다른 공간에 숨어 말없이 술만 홀짝홀짝 마셨다.

아이가 외할머니에게도 예의 없이 말하고 투명 인간 취급하는 것을 보면서 무엇인가 잘못되었다는 것을 알았다. 어른에게 예의 없음은 사춘기의 특권이 아니다. 상대를 함부로 대하는 것도 습관이 된다. 싸우지 않고서 얻을 수 있는 것은 없으니 아이를 대하는 게 무서워서는 안 된다. 내 태도부터 바꾸기로 했다. 아이가 화가 나서 문을 부서질 듯 쾅 닫고 들어가면 쫓아가서 다시 문을 열었다.

"문을 닫거나 잠글 수 있어. 하지만 이런 식으로 닫는 것은 아닌 것 같아. 다시 닫아."

다시 세게 닫으면 열고 말하고, 다시 세게 닫으면 열고 말하고 수십 번을 반복했다. 그제야 문을 조용히 닫는다. 아이가 자신의 요구 사항을 지금 당장 해내라고 소리 지르면 다르게 말하라고 했다. 몇 번을 반복해 말했더니, 명령에서 부탁으로 문장이 바꿨다. 못 들은 척 귀를 막거나 투명 인간 취급하면 아이 옆에 앉아 말을 걸었다.

"나는 투명 인간 부모로 살 생각이 없어. 네가 나를 계속 투명 인간 취급한다면, 나는 자식이 없는 거야. 그러면 너는 내 아이여서 누리고 있는 것을 포기하는 게 맞아. 그것이 너의 선택에 대한 책임을 지는 거야. 내 말이 들린다면 나를 바라보고 앉아줘."

처음에는 들리지 않는 척 꿈쩍도 하지 않던 아이에게 단호하게 이 말만 반복하니 고개를 아주 약간 끄덕였다.

일 년 동안 사춘기라고 그냥 두었던 예의 없는 태도를 하나씩 훈육하는 중이다. 한 번에 고쳐질 리도 없고 반성하는 태도도 없다. 반복해서 하지 말아야 할 것을 말해주는 것뿐이다. 약간의 끄덕임과 개미 똥구멍만 한 목소리의 "응."이라는 대답뿐이지만 그게 어디인가. 나한테 소리 지르지 않으니 살 것 같다. 숨이 좀 쉬어진다.

사춘기 아이를 훈육하는 것은 미운 네 살을 훈육하던 시절과 비슷한 느낌이다. 어린이집이라는 첫

사회생활을 시작하며 지켜야 할 공동생활 규칙과 예의를 가르친 것처럼 어른이라는 세계에 처음 발을 딛는 아이에게도 그 과정이 필요함을 깨닫는다. 틀린 게 아니라 몰랐던 것이다. 자기 생각을 예의 있게 표현하는 방법을 알려주는 것이 부모의 역할이 아닐까.

참 개떡같고 거지같은 사춘기 부모 역할을 오늘도 꾸역꾸역 해냈다. 애썼다.

돌이 되어가는 중입니다.

협 상

아이가 지켰으면 하는 생활 습관 항목을 작성하고 남편과 논의한 뒤 아이에게 알렸다. 뭐 이런 기본적인 생활습관까지 적어야 하나 싶었지만 정말 이런 게 되지 않았다.

- 부모에게 인사 예절을 지키고 바른 언어를 사용한다 : 인사하기, 욕 금지, 폭력 금지, 요청은 부탁하기.
- 아침에는 일어나고 밤에는 잠을 잔다 : 밤 11시부터 기상 전까지는 디지털 기기와 휴대전화를 사용하지 않기.
- 학생으로서 생활에 충실히 한다 : 지각하지 않기, 수업 듣기, 숙제 하기.
- 자기 방과 주변을 정리한다 : 먹고 난 뒤 치우기, 입은 옷 세탁함에 넣기.
- 휴대전화 사용 시간을 조절한다.
- 가족이 함께하는 식사 시간을 존중한다 : 식사 중 휴대전화 사용하지 않기.

- 귀가 시간을 지킨다 : 중학생 9시까지.
- 자기 몸은 단정히 한다 : 자기 전 화장 지우기, 양
  치하기.
  *** 모든 항목은 가족회의를 통해서 수정, 보완, 추
      가할 수 있다.
  *** 모든 항목이 잘 지켜지면 일주일 단위로 보상
      이 주어진다.

매일 싸우던 것을 모아 놓으니 생각보다 별것이
없어 고작 이런 걸로 지지고 볶고 싸웠을까 싶다. 1
년의 시행착오를 거쳐 깨달은 것은 존중을 받아야 하
는 영역과 지켜야 할 생활 습관은 다르다는 것이다.
아이는 "우리 엄마는 진짜 꼰대다."라며 한숨을 쉴 테
지만 어쩔 수 없다. 나는 꼰대가 맞다. 단, 위 항목을
제외한 것은 잔소리 금지. 입술을 깨물든, 허벅지를
찌르든 입 밖으로 절대로 내뱉지 않는다. 아이와 함
께하는 시간이 적은 남편은 훈육하는 것을 힘들어하
고, 아이는 아빠를 피해 도망가기만 하기에 가족 중
누구도 소외되지 않고 의견을 전달할 수 있는 가족
회의를 한 달에 한번씩 하기로 했다.

사춘기가 오자마자 "이제 내 마음대로 살 거야."를 외치는 아이를 보며 이제 나는 아이 인생에서 물러나 주면 되는 것인지 잠시 고민했지만 그것은 정답이 아닌 것 같다. 모든 것이 물음투성이인 세상에서 아이도 혼란스러울 것이다. 선택권은 아이에게 주되, 사춘기 유아독존이 되지 않도록 최소한의 가이드라인을 주기. 이것이 내가 선택한 방법이다.

키운 보람이 있네

등교한 아이의 책상을 보고 할 말을 잃었다. 색조 화장 팔레트와 틴트, 톤 업 크림, 화장 솜, 붓이 나뒹굴고 있고 잘린 앞 머리카락이 한가득 떨어져 있었다. 어떻게 이러고 살까, 유일하게 책상에 앉는 시간은 화장할 때뿐, 책상은 본래 용도를 잃은 지 오래다. 이렇게라도 사용해 주는 것이 고맙다고 해야 하나. 비싸고 넓은 화장대가 되었다. 책상 위를 정리했다가 오히려 내게 화를 낸 적이 있기에 "흥! 쭉 이러고 살아라." 외치면서 방문을 닫고 나왔다. 안 보면 되는 거지 뭐.

아이 화장품을 대신 주문해서인지 인스타그램에 화장품 광고가 뜨기 시작했다. 이 붓이면 똥손도 쉽게 바를 수 있다는 문구가 내 마음을 슬쩍 홀렸고, 섀도우를 그리는 영상을 보자마자 나도 모르게 구매 버튼을 눌렀다. 택배가 도착하자마자 아이가 먼저 사용해 보더니 낄낄거리며 비웃었다.

"이게 뭐야, 색이 하나도 안 나오잖아. 엄마 낚였어. 돈 날렸네. 날렸어."

'난 괜찮은데…. 난 이 정도 색도 괜찮은데….'

입을 삐쭉거려 보지만 역시 괜히 샀나 싶은 마음이 올라왔다. 살던 대로 살 걸, 무슨 색조 화장을 탐냈을까. 애한테 돈 날렸다는 소리를 듣게 되다니.

"엄마! 엄마! 이리 와."

"응? 왜?"

부르는 소리에 아이 방에 가니 아이가 섀도 팔레트와 붓을 들고 씩 웃고 있었다.

"엄마 눈 감아. 내가 예쁘게 해 줄게. 뒤 트임은 이렇게, 애굣살도 그리고, 눈 밑에 음영도 좀 넣고." 종알거리는 아이의 목소리에 마음이 간질거린다.

"자! 눈 떠 봐! 됐다! 우리 엄마 예쁘다!"

거울 속 조금은 달라진 내 모습을 보며 씩 웃는다. 이런 날도 오는구나. 키운 보람 있네.

내 눈에도 예쁘지만
조금만 지우고 등교할까?

뭐든 될 거야

아이에 대한 불안함의 팔 할은 미래에 대한 것이었다. 하루 종일 누워있는 아이를 보며 고개를 젓는다.

'공부를 저렇게 안 해서 대학이나 가겠어?'

'저래서 뭐가 되려고….'

나의 걱정은 사실 아직 일어나지도 않은 일이었다.

'공부하지 않으면 → 대학을 못 간다 → 취업을 할 수 없다 → 돈을 벌지 못한다 → 쓸모없는 사람이다'

내 안에 이런 편견이 있기 때문에 내가 살아보지 못한 삶에 대해 불안해하고 걱정하는 것이었다. 나는 칭찬을 받기 위해 공부를 하는 아이였다. 나 자신을 위해서가 아닌, 부모를 만족시키기 위해 하던 공부를 했고 학원도 학교도 전공도 부모의 선택을 따랐다. 돈을 잘 버는 직업이 최고라고 그들이 말했으니까 의심하지 않았다. 대학 졸업 후 전공을 살려 프로그래머로 취업한 뒤에서야 내 목소리가 들렸다.

'이 일은 내가 원한 게 아닌데? 나는 프로그래밍에 재능이 없는데….'

'이미 늦었으니 어쩔 수 없지.'

그때도 받아들였다. 어떻게든 살아지겠지. 꾸역꾸역 일하다 내가 넣은 코딩 한 줄 때문에 이미 출시된 핸드폰에 문제가 생겼다. 일본으로 로밍이 되면 전원이 켜지지 않는다는 것이었다. 나에게 몰려와 서슬 퍼렇게 노려보던 동료들의 눈을 지금도 잊지 못한다. 숨이 쉬어지지 않았고 도망가고 싶었다. 나보고 이제 와서 어쩌라고. 보는 게 엉망진창이었다.

지난 겨울 방학, 빙상장에 다녀온 뒤 갑자기 피겨를 배우고 싶다 말하는 아이에게 남편은 말했다.

"늦었어."

"왜 그걸 아빠가 판단해? 내가 피겨 꿈나무가 될지 어떻게 알아?"

"꿈나무는 무슨…. 넌 그냥 나무야. 늦었다니까. 쓸모도 없는 걸 왜 배우고 싶어 하는데?"

"재미있을 것 같아서! 하고 싶으니까! 그럼 안 돼?"

아이도 지지 않고 쏘아붙였다. 역시 이 아이는 나랑 다르다. 어쩔 수 없다고 나를 체념하게 만든 '늦었다.'라는 문장에 대해서 생각한다.

'뭐가 늦었다는 것일까, 피겨 선수가 되기에? 피겨를 배우기에? 왜 늦었지? 그냥 배우면 안 되는 건가?'

질문은 꼬리에 꼬리를 물고 이어진다. 직업이 될 수 없는 일은 돈을 벌 수 없으니 쓸모없는 일이라고 판단했다. 왜? 쓸모를 찾는 거지? 태어나 한번 사는 인생인데 재미를 추구하면 안 되나? 재미만으로는 부족한가? 심지어 아이는 아직 십 대인데, 앞날이 창창한 아이한테 왜 늦었다고 말하는 걸까. 우리가 틀렸다. 늦지 않았다.

"난 하고 싶은 것은 다 하고 살 거야."

자신의 선언대로 아이는 입시 미술 학원을 단번에 그만두고 연기 학원에 다니더니, 지금은 1년째 시립운동장에서 피겨를 배우고 있다. 웃긴 이야

기 쓰기를 좋아하고, 반 여자아이 중 달리기를 제일
잘하고, 화장은 또 얼마나 잘하는지 아침마다 변신
한 모습에 나도 모르게 예쁘다는 소리가 절로 나온
다. 꼬꼬무와 동물농장은 모든 에피소드를 줄줄 외
울 만큼 열정적으로 시청하고 넷플릭스로 드라마를
보며 배우들 연기와 스토리 구성을 평가한다. 좋아
하고 하고 싶은 것도 계속 생겨난다. 좋아하는 것은
얼마나 열심히 하는지 놀라울 뿐이다. 그럼 된 거 아
닌가. 공부만 한 엄마가 공부만 빼고 하겠다는 아이
를 어떻게 말릴까. 애초부터 불가능한 일이었다.

　"아이고 뭐가 되겠냐."

　내뱉던 한탄을 이렇게 바꾼다.

　"뭐든 될 거야. 너는."

너는 뭐든 될 거야.

우리 애기

아이의 모습을 그리고 있다. 처음에는 사춘기의 만행을 고발하겠다는 마음으로 그리기 시작했는데 자꾸 아이를 더 예쁘게 그리고 있었다. 사실 내 눈에는 정말 예뻤다. 그림을 그리기 위해 아이 모습을 더 자세히 들여다보며 알게 된 것은 몸만 덩그러니 커버렸지 하는 짓은 아기 때와 똑같다는 것이다. 너도 커버린 몸이 힘들었겠구나.

아이를 "우리 애기" 또는 "우리 강아지", "우리 이쁜이"라고 부르기 시작했다. 잘 때는 "사랑하는 우리 애기 잘자."라고 말하고 깨울 때도 "우리 애기 잘 잤어?"라며 머리를 쓰다듬는다. 집 밖에서 "애기야!"라고 부르면 친구들이 들을까 봐 정색하지만 집에서는 씩 웃으며 "엄마, 나 불렀어?" 하며 달려온다. 엄마가 하루 종일 자신의 그림을 그리고 있는 것을 보면서 아이는 점점 더 말랑해졌다. 물론 잘 지내다 갑

자기 까칠 대마왕으로 변해 왜 저러는지 이해하기 힘든 날도 많지만 조금 지나면 슬며시 다가와 등 뒤에 붙어 내 냄새를 킁킁 맡는다. 우리는 이렇게 하루 종일 떨어졌다 붙었다를 반복하는 중이다.

"엄마 손 좀 줘봐."

함께 자기로 한 주말 밤, 아이 옆에 누웠더니 내 손을 쫙 펴고 손바닥에 글씨를 한자한자 쓰기 시작했다.

ㅅ ㅏ ㄹ ㅏ ㅇ ㅎ ㅐ

두 손으로 아이 얼굴을 감싸 볼을 조물조물하며 말했다.

"엄마가 더 많이 사랑할게."

엄마 엄마
나 좀 봐.

다섯살   열세살

하는 행동은 아가 때와 똑같은데
변한 것은 네가 아닌 나의 시선이었구나.
사랑하는 내 아가

에필로그

사춘기와의 동거 3년 차, 많은 것이 익숙해졌다. 아이가 아침에 못 일어나도, 늦잠을 자서 학교에 지각하거나 화장품을 종류별로 잔뜩 사들여도, 방이 쓰레기와 머리카락으로 엉망이 되어도 학원을 땡땡이치거나 하루 종일 누워서 스마트폰을 하고 있어도 '그럴 수 있지.' 싶은 날들이다. 예의 없는 말과 행동을 할 때는 화르르 불타올라 아이와 유치 뽕짝으로 싸우지만 이 부분은 참지 않아도 된다는 결론을 내렸다. 사춘기라고 모든 것에 면죄부가 될 수 없다. 잘못한 행동은 혼내되 더 이상 문제 삼지 않는다. 잘못을 반복하는 아이를 미워하지 않기로 했다. 실수할 수 있고 잘못할 수 있다. 덩치만 컸지 아직 아이니까. 아이는 미성숙한 것이 당연하다.

아이는 더 이상 방문을 잠그고 들어가지 않는다. 하교 후 거실에 있는 내 책상 옆 소파에 누워 스마트폰을 하는 게 일상이지만 벗어 놓은 옷과 먹고 난 쓰레기는 틈틈이 치우고, 잘못한 일은 미안하다고 사과도 잘하고, 자기 전 매일 사랑한다고 말해 주는 아이가 되었다. 사춘기가 끝나서 변한 것이 아니다. 아이를 바라보는 나의 시선이 변했기 때문에 아이도 방 밖으로 나온 것이다. 아이가 나를 보고 해사하게 웃으며 종알거릴 때면 마음이 꽉 찬다. 이게 내가 바라던 것이었다. 사춘기가 끝나면 아이는 내 품을 훌쩍 떠나버릴 것이다. 우리의 시간은 얼마 남지 않았다고 생각하니 아이를 한 번이라도 더 안아주고 사랑한다고 말해주고 싶다.

이 글을 쓰기 시작해 마무리하는 데 1년이 넘게 걸렸다. 이제 겨우 사춘기 초입만 넘었을 뿐이다. 사춘기 아이와 잘 지내기 위해 치열하게 고민했고, 치졸하게 싸웠고, 여전히 유치찬란하게 싸우고 있음을, 이 글을 통해 고백한다. 완벽한 엄마는 없다. 좋은 엄마가 되고 싶은 마음도 버렸다. 고민 끝에 내가 얻은 답은 혼낼 때는 혼내고, 싸워야 할 때는 싸우고, 잘못한 일에는 먼저 사과하고, 사랑한다고 매일 말하며 무엇보다 내 아이를 믿는 것. 이 간단하면서도 어려운 답을 돌고 돌아 겨우 찾았다. 매번 헤매고 자주 엉망이지만 더 이상 내일이 무섭지 않다.

도대체 왜 나를 낳았냐고 묻는 아이에게 이제는 답해주고 싶다. 너를 사랑하고 싶어서 낳았다고.

엄마가
더 사랑할게

사랑해

태어나 가장 잘한 일은
너의 엄마가 된 거야.

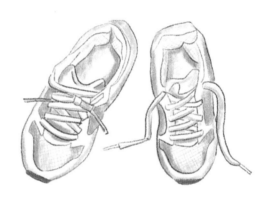

이제 너를 위해 해줄 수 있는 일은
네가 넘어지지 않으면 좋겠다는 마음으로
아침마다 너의 신발 끈을 묶어주는 일 뿐이야.
잘 다녀와.
사랑한다.

왜 낳았냐고 묻는다면 ⓒ 김현

발행일	2024년 9월 30 일
글, 그림	김현
제작 도움	우디앤마마

발행처 인디펍
발행인 민승원
출판등록 2019년 01월 28일 제2019-8호
전자우편 cs@indiepub.kr
대표전화 070-8848-8004
팩스 0303-3444-7982

정가 11,000원
ISBN 979-11-6756607-2 (02810)

이 도서는 마포구 브랜드 서체 Mapo 금빛나루(마기찬 디자인), 네이버
나눔손글씨 배은혜체를 사용했습니다.
도서의 내용 전부 또는 일부를 재사용하려면 저작자의 동의를 받아야 합니다.
@moi.kimhyun